KB269482

작은 시 한수로 사랑한다는 것은

리 임 원

명 지 사

인지생략

작은 시 한수로 사랑한다는 것은

초판제1쇄인쇄 · 2000년 4월 1일

초판제1쇄발행 · 2000년 4월 5일

지은이 · 리임원

펴낸이 · 박명호

펴낸곳 · **명지사**

등록 · 1978년 6월 8일 제5-28호

서울특별시동대문구장안동369-1

전화 · 2243-6686

팩스 · 2249-1253

값 5,000원

ISBN 89-7125-150-6 03820

e-mail : myeongjisa@yahoo.co.kr

©myeongjisa

＊잘못된 책은 바꾸어드립니다.

□ 머리말

　지용시문학상이 만들어졌다. 이는 우리 시단에 새로운 활력소를 불어넣어 우리 시 흥성과 발전을 촉구할 것이다.
　리임원씨의 시집『작은 시 한수로 사랑한다는 것은』이 초대 수상의 월계관을 쓰게 되었다. 리임원 시인은 근년에 이미지 시 작업을 끈질기게 끌어온 시인으로 각광을 받는다. 그의 순한 마음이 풀, 꽃, 비, 바람 등 일상의 사물과 만나서 새로운 시 세계를 구축한다. 그의 시심은 이 세상을 적시는 땟물을 여과시켜 순수하게 하려는 극기 정신과 자신의 추구에 열심하는 정열로 넘친다.
　그의 시는 참신한 이미지, 밝게 빛나는 아름다운 색조, 부드럽고 친절한 여성적 매력으로 우리를 감동의 소용돌이에 잠가놓는다.

지용시문학상은 우리 겨레 시단의 혜성 같은 정지용 시인의 고향인 한국 옥천군과 옥천문화원의 후원으로 해마다 펼치게 된다. 나는 지용시문학상운영위원회를 대표하여 옥천군수 류봉렬님과 옥천문화원 박효근 원장님께 뜨거운 감사를 올린다.

지용시문학상 첫수상작 시집을 심사해 주신 심사위원들과 이 시문학상 수상작 시집을 출판해 주신 연변인민출판사에 감사를 드린다.

1997년 9월 15일
지용시문학상운영위원회 상무부회장 최룡관

□ 자　서

　고국에서 시집을 펴내는 것이 내 꿈이었다. 몇 년 전 서울 교보문고에 진열된 숱한 시집들을 대하면서, 이같이 많고 넘쳐나는 작품 바다 속을 자유롭게 마음껏 헤엄치며 문학 산책을 하는 한국인들은 얼마나 행복할까 하고 부러워해 본 적이 있다.

　그리고 비록 중국땅에서 살아가고 있지만 내 명색이 조선족 시인인 이상 고국땅 한국에서 내 이름이 찍힌 시집을 출간하는 것이 내 일생 동안 꼭 이루고 싶은 몇 가지 소망 중의 하나였다.

　세상에서 가장 빛깔 곱고 예쁘고 정서가 분명한 한글로 정예하게 잘 만들어진 시집을 말이다.

　그런 내 꿈이 한국 도서출판 명지사에 의해 이루어지게 된 것이다. 나의 이번 시집에 실린 시들은 내가 80년대 초반부터 90년대 중반까지 중국 내 여러 조선족 신문, 문학지들에다 발표한 것들에서 주로 뽑은 것들이다. 동족이면서도 한국과 중국의 여러 가지 문화적 환경 차이로 한국인들의 문학적 사조나 구미에 잘 어울리지는 않겠지만, 내가 사는 지역의 우리 조선 민족의 정서를 대변했고, 또 날 따라 지켜가기 힘든 우리 말과 글을 끝까지 고수해 가는 한 파수꾼의 넋두리임을 어여쁘게 생각해 주신다면 다행으로 생각하겠다.

나의 이번 시집이 마침 새천년 첫봄에 한국에서 출간된다는 점에서 나에게는 상당히 의미가 크다. 그것은 또다시 새로운 에너지가 되어 나의 시 창작을 줄기차게 밀어줄 것이기 때문이다.

나의 미숙한 시집 출간을 흔쾌히 맡아주신 명지사 박명호 사장님께 깊은 고마움과 감사를 드린다.

새천년 첫봄 연길에서
리임원

□ 차례

세번째·세상 읽기

네번째 · 작은 시 한수로 사랑한다는 것은 슬픈 일이다

첫번째

비가 오면 만나야 한다

봄이 오면

봄이 오면
나는 하나의 미물이다가
초록빛 공기가 된다

내 친구들은 겨울의 의상을 벗어버린
아지랑이와 잔디와 시냇물과 벌레와
봄의 한 다발 빛이다

언덕 위 아지랑이와 사랑하고
솟구치는 종달새처럼 혼은 뻗어
어디든지 갈 수가 있다

봄이 오면
난쟁이 잔디와 어울리어
순한 풀잎이 돼 본다

파아랗게 물이 올라
아이들이 씹어주면 비로소 빛으로 남는다

봄이 와서
나는 해종일 햇볕을 베고 누워
귀 기울이면

다시 비로소
고운 생명을 키우는 음악이 된다

봄이 오면
나는 하나의 바람소리이다가
또렷한 이름을 가진 꽃으로 남는다

바 람 1

바람은 헐레벌떡 달려오다가
먼지와 연기와 누런 지폐를 휘말고 달려오다가
참말 기진한 듯
우리 마을 소나무숲에서 한참이나 바장이다가
잠을 청하고
한식경 잠을 자다가
아침에 함께 깨어나서
다시 달려오는데
그것은 바람이 아니라
잔잔히 흐르는 요한 스트라우스의 음악이고
모나 리자의 부드러운 향기이고
황토색 피부를 색칠하는 립스틱이다

바　람 2
—오늘을 살며

어느 새벽
산을 내리다가 바람에 맞혔습니다
바람은 풀잎같이 여린 내 가슴을 다쳤습니다

기도가 있는 바람
봄의 능선 넘어 남에서 오는 바람
바다 물결처럼 일렁이며 반짝이는 바람

내 가슴은 새벽의 꽃밭 위를 스쳐 지나며
바람이 전하는 영통한 말씀을 파종합니다

햇살이 중천에 기울도록
내 가슴은 한 줄기 바람
긴 4월의 화창한 봄이 되었습니다

바람은 계절도 없이
어느 골짝, 어디든 말씀이 되어서 생성합니다
그리고 나는 바람의 아이였습니다

비가 오면…

비가 오면 나는 만나야 한다
내 일상의 그 많은 여정을 뒤에 하고
손을 내밀어도 지금은 닿지 않는 꽃이지만

비가 오면 나는 만나야 한다
백년도 살지 못하는 삶인 줄을 알면서도
바람에 맡겨져 헛갈리는
빈 그릇 속의 언약들

비가 오면
순수해지는 마음
내가 뱉어버린
이미 퇴색한 수억의 고백들을
하나씩 하나씩 다시 닦아본다…

시간은 많이 흘러버리고
세월 속에 꿈들은 하나씩 돌아갔다

비가 오면 나는 만나야 한다
참으로 잊혀질 뻔하던 날들을 생각하며
그리고
내가 아는 데까지 가야 한다

바람에게

머언 바다에서 오시다가
다시 승천하시는 님
바람은 와 주세요
내 가슴벽을 스쳐 주세요

연인의 입술에 따가운 키스 전해지듯
그렇게 바람은 나에게 와 주세요

순수한 미물들인
풀잎을 스치고 오는 작은 바람이지만
햇빛도 없는 어느 골짜기
외로움을 달래는 그런 바람인 줄 알지만
나한테 와 주세요

봄이고
바람이 있는 계절이지만

메마른 가슴
봄이 전혀 닿지를 않는 내 마음이기에
이제 나한테 전해 줘요
바람의 뜻을
바람의 의미를

비의 명상 2

어느 찬란했던 아침을 생각하자
꽃들이 난만했던 언덕을 생각하자
함초롬히 이슬을 맞고
새벽을 키우는
아이들을,

비오는 날이면
그렇게
가슴으로 봄을 누리자
우수에 잠겨
떠도는 작은 영혼이
꽃이파리에 잠깐 체류하듯이
그 봄의 이야기를 젖어보자

뉘의 손이 쉬이 우리의 꿈을
헤살쳐 놓으랴

모진 외로움도
아름답게 가꿔가는
인내 앞에
비는 흠뻑 쏟아지어라
새삼스레 비는 발밑에 쓰러지어라

하다면
비는
다른 하나의 의미로
슬픈 아름다움의 언어가 되리라

여름 풍경

찬란한 햇살의 게임이 되고 싶다
무성한 녹음들의 혼성이 되고 싶다
포말같이 이는 훈풍을 안고 와
꽃이 만개하던 날

이름도 없는 작은 미물들의 대축제
누구에게나 찾아올 수 있듯이
마음의 창을 밀고
우리의 눈망울에 어려오는
여름의 풍경

아픈 자는 아픈 자의 설움으로
가진 자는 유족함의 여유로
잃은 자는 낙망의 어둔 눈빛으로

꽃 앞에 다가서 있다
꽃의 입술에 입맞춤하고 있다

아하, 꽃이란 무엇인가
가난한 이의 영원한 풍경이여
외로운 이의 아름다운 위안이여

석 양

어쩌면
곱게 번져가는 서녘에
걸린
님의 연분홍 치맛자락

눈이 부시면 부신 대로
감지를 말아요
봄이 오시는 예쁜 기상이라면
그리 믿으세요

밝은 미소 하나
꽃처럼 흔들어주고
총망히 총망히
서녘을 지나가는 노을

너무나 순간적이었어요
너무나 황홀했어요
보랏빛 사랑
내일
또 오셔서

드높은 향기로 멈추고 있을
나의 님

낙 엽

눈물을 흘리지 마세요
딱딱한 콘크리트 바닥에
아프게 떨어져
쓸쓸히 나뒹굴어

마가을 찬바람이
볼을 이리저리 때리고
싫어지면
후울
불어
어느 성벽 밑에
가는 햇빛도 쬘 수 없게 날려버리고 마는 낙엽이지만

겨울에는 겹겹이 눈 속에 묻혀
그렇게 백 날도 넘게 눌리워
샛노랗던 젊은 날의 모습이
거멓게 죽어가고 있지만
아프게 찢어지지만

눈물을 보이지 마세요
슬퍼하지 마세요

강이 풀리고
지친 나무에도 순이 파릇파릇 돋아나면
그것은 계절을 용케도 이긴
지난 가을 낙엽이 환생한 것이라고 생각해 줘요

낙엽은 모두가
생생하게 살아 숨쉬는 것이에요

5월은

5월은
새파란 잔디들이 하늘에서 내려와
우리의 마음을 노크한다

5월은
누님의 맘같이 흐르고
장미의 이름으로 오고

5월은
지난밤 묵은 꿈을 사르고
아름다운 그 자리에 내가 선다

5월은
햇빛이 수줍어서 꽃에 머무르고
종달새가 신비의 음악을 만들고

5월은
고개 넘어 푸른 천사가
연분홍 봄길을 걸어서 문안을 온다

아, 5월은
그리움의 화산을 뉘한테나 심어주고
바람 속에 하나가 되는 아침을 연다

제 비 야

제비야
이 거뜬한 아침 햇볕 속을
그렇듯 즐거이 날으는
내 맘같이 이쁜 제비야

잿빛 제비야
넓은 강 위를 스치고 차면서 달리는 제비
비가 올 줄 미리 아는
나도 그런 제비가 되고 싶다

처마 밑에 동그란 집을 짓고
맘씨 고운 아이들과 동무로 사귀고
계절이 가고 헤어질 때엔
서로서로 먼 하늘 바라보며 서러움을 아는
나는 감수가 풍부한 제비가 되고 싶다

한번 가면 다시 올 줄 모르는
강물이나 시간이 아니라
봄이면 다시 와서
맘속으로 눈물을 떨굴 줄 아는

나는 이제
그런 제비이고 싶다

5월 비둘기

장미같이 예쁘장한
붉은 5월은
비둘기의 계절이다

겨울을 잊어버린
어린 소녀의 부드러운 가슴에서
솟구쳐오른 비둘기

푸른 들은 비둘기의 꿈이 어리고
맑은 하늘은 비둘기의 가슴에 펼쳐진
지경 없는 밭이다

비둘기의 밝은 두 눈에
고운 봄이 어리고
보드라운 살결에
햇빛이 잠잔다

5월,
비둘기
한줌도 아니 될
흰 가슴에
따뜻한 평화가 숨쉬고 있다

잔 디 밭

파란 잔디
봄 잔디
하늘이 짜준 푸른 침대

우리는 침대 위에
반듯이 누워본다
겨우내 동상입었던 맘을 녹이고
푸른 침대에 조용히 누워 있는다
파아란 하늘을 숨쉬어보자고
푸른 침대에 누워 하늘을 우러른다
맑진 개울물에서 알몸으로 솟아나
파란 담요 포근한 침대 위에
우리는 잠잔다

가을 산책

새들이 수림 속을 날으면서
수많은 전설 같은 시를 낳는다

연분홍 고운 시와
가을 낙엽으로 내려지는 시와
그리고
착한 마음의 이미지 같은 시도 낳고
비가 몹시 내려지는 날에는
청자빛 고운 소리의 시를 심어놓고 간다

방울새, 종달새, 산까치
꾸룩꾸룩 노래하는 메비둘기…
새들이 써가는 시는
수림의 고독을 밀어내는 기운이 있다

저어기 멀리 수림 밖에서
새들이 엮어가는 이 모든 사랑과 평화와 시를
부지런히 가슴속에 가둬넣으면
나도 어느덧 한 마리의
흰 비둘기로 되는 것이다
그리고는
시 한수를 또 그처럼 낳아간다

풀 잎 1

작은 풀잎은
바람이 스쳐도 흔들리고
비가 내려도
허리 굽히고

어느 석양 속을 걷는
나그네의 길처럼
고달프고 외롭다

그러나
이슬이 고요히 내려지는 새벽이면
풀잎은
보이지도 않는 가슴을
활짝 펼치고

있지도 않는 사랑을
그리고 있다

봄

어느 날
나는 봄을 만나
내 맘속 얘기를 터놓아야겠다는 생각이 들어

택시를 잡아
어린 때의 고향 뒷산에 올랐다

참 달라진 고향산
이맘 때면 내가 봄을 숨쉬며
봄의 체취 가슴 물씬 느끼겠건만
봄이 아직 느껴지지를 않는다

저만치에는 잔디들이 융단같이 펼쳐지고
맑은 하늘가
노고지리가 터져오르건마는
나의 발밑에는 푸르름이 없다

또 저만치에는 망울지는 진달래꽃
아잇적에는 꽃길 사이로 달리며
누이야, 봄이야

긴긴 동심을 흘렸었지만
지금 윤4월 언덕인데도 전혀 봄 같질 않다

가슴을 열어주고
사랑을 키질한다던 봄바람인데도
좁은 이 가슴 통 열리지 않고

사랑은 도무지 느껴지지 않으니
어디 아직은 봄인가
봄바람인가

솔숲 속에는 뻐꾹새 울음 흘린 지도 수일
뒷산 더기 밑에서는 파종소리 소란스럽다
하니깐 봄은 와도 굉장히는 왔을 텐데
봄은 내 맘에 닿지를 않고
앞산 발치에서 서성거리기만 하니

어디 아직은 봄인가
봄바람인가

별이 피는 밤

언젠가
바글바글 피어 있던 별이 갑자기
속삭이는 때가 있다

비어 있던 가슴에
별의 그림자가 밀려오면서
내 목숨의 꽃들을 피워올린다

아침이 찾아와
별들이 잔치를 마치기 전에
못 이룬 사랑의 불꽃을 지피자고 한다

별들을 기음매고 있는
초승달도
내 맘에서는 멈춰서고 만다

그래서 나는
별이 밝은 밤이면
내 마음의 은밀한 곳을 비운다

무수히무수히
떠 있는 별을 안아보며

그리운 이름들을 불러들인다

저 빛나는 별무리 속의
하나의 별이
추락될까봐 떠는 마음

그 대

백두천지처럼
푸름이 넘쳐
진한 서술이 어리고
넘쳐날 듯 넘칠 듯
차겹게
가슴에 불을 지피고

연분홍 장미처럼
부서지는 햇살
잎사귀에 두르고
한 생애를 넘나들고

하늘에 나붓기는 구름처럼
다시 깨어나면
둥둥 허허롭게 떠나가는

그대는 강물같이
그대는 계절같이
그대는 구름같이

꽃과 소년

소녀의 불을 지나
꽃이
소년에게로 간다

내가 나타나면
꽃은
자취를 감춘다

소년이 걸어갈 때
꽃은
이슬처럼 온몸에서 반짝인다

내가 다시 찾아오면
꽃은 닫히고
구원의 생명으로 남는다

소 리

사랑이 소리를 내며
앙물 위에 눕고
꽃은 무지개빛으로
피어나면서
강물 위에 넘치고
당신은 젊은 날의 그림자를
바람의 겨드랑이에
바람쟁이처럼 실어보내고
벌레들은 춘곤증에 지쳐
행복한 잠 속에 빠져들고

그리고 내가
무너지는 꽃을 다시 세우고
수억번 다시 세우고
가슴에 하얀 물결이 번져갈 때
사랑!
하고 왈칵 죽으면서 소리를 낸다

두번째

꽃의 언어

가을국화

1
햇빛같이 순후한 사랑이
그 몸에서 잠을 자고

가느단 아름다움이
천고의 숨결로 고이어라

삭막해진 밤의 언 마음은
이제 따스한 기운이 돌고

참다운 가을국화 하나로
꽃의 새 지평 열어본다

2
가을국화 한 송이로
파아란 하늘을 가지기 위하여

가을국화 한 송이로
내 젊음의 꿈을 피우기 위하여

가을국화 한 송이로
구원(久遠)의 사랑 만들기 위하여

꽃의 언어

꽃의 언어는
무지개보다 더욱 빛나는 것

선화야, 경아
우리가 불러줄 때
꽃은 아침에 피는 신선한 몸짓으로
그리고 밝은 모습으로 대답해 주고
백일홍 방울꽃 아이꽃…
하고
이름지어 주면
비에 젖지 않은 이만이 듣게
구겨지지 않은 마음만이 받게
대답한다

꽃의 언어는
수정보다 더욱 순수한 것
형님, 교수님, 국장님…
하는 직함이 하나도 없이
프랑스어, 라틴어, 영어, 일본어…
계선이 없이
꽃의 언어는 숨쉬고 있다

꽃의 언어는
꽃만이 서로 통하고

서로서로 사랑하고
슬픔을 위로할 줄 알고
꽃의 언어는
또
한두 돌이 되는 아이들만이 듣는 소리나는
말이다

꽃　씨

고 조꼬만 씨앗 속에
참말로 모든 순수하고 고운 것이
숨어 있다고 했지

가을바람에 허망 나뒹구는 것은
죽음이 아니라
잠깐 괴로움을 참고 있음이라 했다

늦가을의 서러운 비 얼굴 때리고
겨울의 매운 숨결 너를 누를 때
너는 힘이 약해서가 아니라
빨간 꿈을 안으로만 익힘이라 했다

참말 그럴 거란다
허깨비 같은 겨울이 가고
태양이 연분홍 치맛자락 끌며 오는
오는 봄에는
너의 밝음이 있을 게다
너의 환한 웃음이
모든 몹쓸 바람과
모든 서럽고 침침한 비와
모든 차거운 숨결을

깡그리 좇아버릴 거다

내년 봄에는
고 조꼬만 씨앗이
고운 옷 입고
활개치며 고운 봄을 걸어갈 거란다

나는 꽃이고 싶다

나는 꽃이 되고 싶다
어느 이름 없는 좁쌀꽃이 되고 싶다

돌틈에 무람되게 피었어도
맑은 하늘가 공기 속을
자유롭게 바라볼 수 있도록

내내 소리도 지르지 않고
고요로움이 좋다
아무도 찾아주는 이 없어도 좋다
깊은 골짜기 잡초 속에 묻혀도 좋다

짐승들의 아우성 귀뿌리 따가와도
아름다움의 천년 전설을 낳지 못하더라도
나는 의미가 없는 꽃이고 싶다

계절이 매운 바람 몰고 와
어느 하루 이슬 속에 절명하고 말더라도
이제 꽃이고 싶다

그리고 내년에도 후년에도
또 꽃이고 싶다

언제인가는 시골 아기의 손에 받들려
그 고운 언어들과 만나고 싶다
시골의 청신한 바람에 실려
순수를 맛보고 싶다
디젤유 냄새에 젖지 않은 사슴의 가슴에 스쳐
잔치라도 벌이고 싶다

진 달 래 2

꽃의 계절
마지막 햇볕
가슴에 두르고
신의 세계로 가고 있었습니다

일찍이 이승을 떠나가는 모습은
큰 슬픔이었어요

민들레도 여름국화도 장미도
푸르른 들에서 잔치가 벌어지던 날

어느 골짜기 따스한 바람결에 기대어
죽음의 식을 올리고 있었습니다

진달래꽃
진달래꽃…

일찍이 이승을 떠나가는 모습은
큰 아름다움이었어요

진 달 래 5

진달래는 화사함으로
말을 않고
떠나가는 모습으로
아름다움을 전한다

진달래는 봄을 내내 갖지 못해
슬퍼하지 않고
울려퍼지는 향기로
노상 노래를 엮는다

진달래는 계절이 가도
이승을 떠나지 않고
내가 앉은 머리맡에
언제나 있다

봄이 다 가고
진달래는 가도
가녀린 몸짓, 수줍은 음성
그 향기만은 남는다

산과 계곡과 그리고
나같이 봄이 그리운 이의

가슴에
진달래는 고요히 잠자고 있다

장미의 마음

흐린 날
그리고 비가 내리는 날
우리들은 장미꽃을 바라보자

황후같이 화려하게 관을 쓰고
아주 고요히, 그러나 담담하게
미소를 머금고 있는 장미꽃

빗줄기가 얼굴을 때릴 때
도리어 기다려 온 시각처럼
한들한들 곱게도 춤을 추고

해도 없이 흐린 날은
해마냥 밝게 피어서
구김 없이 피어서

우리의 창을 아름답게
장식하는 것은
빛나오는 장미

우리들은 너무도 날씨에 따라
바뀌어지는 얼굴들이다

흐린 날씨에는 흐려지고
비오는 날이면 비처럼 후줄근해지고
어두우면 아예 어두워지는 우리들이기에

이제 장미의 밭에 가서
장미의 마음을
이식받아야 할 것이다

장 미 꽃

어느 하루 문득 방안에 들어서니 횃불같이 이글거리는
　장미꽃 한 송이 창턱 위에 수줍게 놓이어서 어둑시그레한
방에
　영롱한 붉은 빛살 무늬가 공작새 깃처럼 퍼져가고 있었습
니다
　그리고 뜨거운 향기가 온 방을 진동시키고 있었습니다

우리는 참 그것이 빛나오는 하나의 순수한 장미로만
만끽할 수 없었습니다
요즘같이 꽃이 거의 사라져버린 날에는 더욱
그것이 절감이 됩니다

봄을 생각하면 봄이라 느껴지고
여름이라 생각하면 여름이 되고
사랑이라 생각하면 사랑이 되고
하늘의 별이라 하면 별이 되는 나의 장미

영롱한 아름다움 속을 그 순수한 내심을 향해
꽃살을 물고 가는 제비처럼
내 마음은 조용히 다가설 것입니다

백 일 홍

너무나 미쳐버리는
순간이었어요
구슬 같은 이슬에
핏빛 이파리 젖고
터질 듯 팽팽히
고여온 향기
신령의 몸 같은 그 순수함
그래서
바라보는 눈이 찔리워오는
순간
순간마다
사랑이라 하겠어요
내년에도 그 시각
또
사랑이라 하겠어요

꽃의 향기

마음이라는 것은
어느 여름밤에 오똑하니 피어난
꽃의 향기

어두운 뜨락의 촛불이 되어
젖은 서정을 쓸어주고
나만이 알게
당신만이 알게

마음의 부둣가에
향 하나를 피우고
우리 둘은
이제 또 다른 꽃의 향을 빚어올릴까부다

코스모스란
—10월에 드리는 노래

코스모스란
꽃이기보다
어린 시절 하학하고 오는 나를
멀리까지 마중하시던 어머님의 얼굴이다

가을의 따뜻한 햇볕을
가루내어 내 마음에
쏟아붓던
코스모스

코스모스란
이름이기보다
사그라져가는 사랑을
또다시 이어주는
한 줄기 사연이다

가을의 무르익는 사랑을
정성스레 만들어서
차거워진 우리 맘속에 심어주는
코스모스

장미꽃, 함박꽃, 국화꽃
해당화, 봉선화, 수선화…
화려한 꽃의 이름 갖지 못해서
더더욱 내 맘에 이쁜 꽃

코스모스란
어머님의 꽃
누님의 꽃
그리고 이제 일어선
나의 따님의 꽃

장미꽃 이름
—사랑하는 딸에게

—선화야,
내가 이름을 입속으로 불렀더니
아직 산에서 머무르고 있던 꽃들이
진달래, 백일홍, 샛노란 민들레가
한가슴에 무너져내리면서
찬란한 무지개빛을 이루었다

—선화야,
착한 이름 조용히 불러보면
비껴가는 저녁 연분홍 햇빛을 쫓는
정상의 아름다움이
내 가슴에 명화로 펼쳐진다

—선화야,
내가 불러주면
아지랑이로 피어오르는 이름
우리들이 불러주면
슬픔도 닿지를 못하는 이름

—선화야, 내가 불러주는
그 이름같이 빛나게 아장아장

오는 모습
나는
아직 햇빛을 눈이 부셔 하는
숨은 꽃을 보았다
미친 듯이 내 맘을 시샘하는 어린 새들 보았다
맑은 공기 속을 헤매이고 다니는 조각구름 보았다
새까만 밤하늘 손에 닿을 듯 가까워지는 별을 보았다

—선화야,
—선화,
장미같이 예쁘장한
참말 고은 그 이름 속에 숨쉬고 있는 것은
비둘기일까,
계절인 봄일까
황후같이 관을 쓰고 멈춰선 장미꽃일까

선화야

62

그대와 꽃

그대의 손은 은밀히 꽃의 가슴 다쳤습니다
꽃의 가슴은 크게 활랑거려 수많은 새로운 꽃망울을 만들었습니다
그대의 확확 뿜는 숨결은 꽃의 발가우리한 이파리를 키스했습니다.
꽃의 연분홍 여린 입술에는 짙은 향기가 서성거렸습니다

그대는 모든 진주 같은 새벽 이슬과
스치는 작은 고운 바람과
공중에서 맴도는 맑은 공기와
잠깐 노크하는 새벽 비를
꽃의 가슴에 가둬넣었습니다
꽃은 더는 그런 대로 서 있을 수가 없었습니다
꽃은 들쑹날쑹한 바위의 벼랑가로 걸어갑니다
그 벼랑가에 가셔서 화신의 점검을 받아야만 했습니다
그러면 그대는
벼랑가에 이르러
가장 순수하고 진실한 사랑으로 화신 앞에 청구하고 허락을 받아야만 꽃을 향수할 수 있습니다
그대는 지름길로가 아닌 바위를 까고 엉겅퀴풀을 헤치고 찝찔한 빗물을 넘기면서 천신만고 벼랑에 올라 꽃의 신변에 이를 때 화신은 그대를

담담히 추대해 올립니다
그대는 이미 그곳에서 가슴을 열고 애써 진정하고 있는
더욱 붉어진 꽃을 볼 수가 있고
다음은 꽃과 나란히 서서
하나의 새로운 공화국을 탄생시킬 수 있습니다

아침에 · 꽃에게

양옥같이 화려한
무지개는
수줍어합니다
아침에 산마루에 올라서기가
그래서 풍경은 말쑥하게 피어오른
꽃으로 시작되지요

밤새껏 속삭이고
안으로만 키워오고
기다림에 강한 여자처럼
말쑥하게 가리마를 내고
지켜온 자정의 나날들

산등성이를 올라도
홀로의 그늘을 질 줄 모르고
자줏빛 치마고름
여명의 아침만을 키워오는 여인

아침에는 기도라도 드리고 싶습니다
모든 언어를 뿌리치고 몸짓으로 말을 하는 꽃에게
아침에는 기도라도 되고 싶습니다 그러면
우리는 또 상쾌한 하루의 햇빛보다 아름다운 꽃이 됩니다

풀 잎 2

입이 없지만
풀잎은 곧잘 말을 한다
풀벌레들과 어울려 해종일 속살거린다

눈이 없지만
풀잎은 마냥 생글거린다
시골 아이들과 어울려 숨바꼭질 잘한다

가슴이 없지만
풀잎은 모든 것을 고스란히 받아들인다
햇살도, 바람도 그 앞에서 잠을 잔다

가을 산행(외 6수)

신명나는 무희들이
하나 없이 사라지고
청청한 바람의 숨결만 남는다

봄과 여름의 능선을
혜성처럼 화려하게 스쳐 지나며
피어올랐던 강물과 구름과 나무와
무수한 꽃과
저 양지에 나붓기는 마음

늦가을 찬비 속에
다정했던 이름들은
하나 둘씩 지워지고
목숨이 무성한 바람과
누이의 그리움만 남는다

이제
보이지 않고 남아 있는 것은
노래하는
사랑의 음악이다

매일 조금씩 사라져가는 것은

사랑이 사랑으로
남아 있기 때문이다
사람이 사람으로 남아 있기 때문이다

거 울

늦가을 아침
산을 오르다가 낙엽을 만나면
기도를 받지 못하는 사연이 걸려서
명랑한 언어를 만들지 못한다

들길을 걷다가
계절의 아침을 만나지 못하고
허망 사그러져가는 꽃을 만나면
내 시의 무상함을 느끼게 한다

척박한 땅 위에
삶의 꿈나무 뿌리내리며
하늘 향해 열창하는
나팔꽃 하나에도
영원히 멈추지 못하는
늦가을

작은 조약돌 하나에도
마지막 햇빛이 남아 있을까
허공을 날으는 저 공기 속에
우리의 가녀린 숨결이 흐르고 있을까

인간들이 매일매일 상실해 가는
우리의 눈은
세상에서 가장 슬픈
천연 거울이다

폐허의 노래

산에는 나무들이
짐승의 소나기를 닮아서
새를 까먹어버린다

도시에는 네온등불이
가지에 걸려
모기를 빨아먹듯
햇빛을 거두어간다

어디로 갈 것인가
한낮을 걸어도
어릿광대들의 굿놀이
그리움이 그리운
요즘 밤에는
새와 바람과 별과
만났던
옛날옛적 생각

사랑과 나무꾼

노고지리가 천상을 비상할 때
그는 땅에 서 있기로 했다

가을이 초록빛 물결을 탈 때
그는 단풍을 만드는 데 소요되는
광합성물질이 되기를 원했다

봄이 성큼 다가와서
꽃들을 무더기, 무더기로 피워놓고 할 때
시골 나무꾼인 그는
가는 봄을 바래며
마지막 뒤따라가는 파수꾼이
되기로 했다

세번째

세상 읽기

풀들의 반역

하늘같이 푸르게 사랑했었는데
풀들이
나를 반역한다

이른 새벽 안개보다 먼저
골짜기를 찾아
쓸어주고 위로의 말을 했는데
풀들이 나를 반역한다

무성한 자연 속에 묻혀
스스로 지니지 못한 것들에
또박또박 명찰을 달아주고 그리워했는데
풀들이 파랗게 반역을 한다

나는 매일같이 이 한 자리에만 머물러 있는데
풀들은 강물과 같이
빨리도 가고 있다
내가 바랐던 듯이
저만치 멀리 흘러가고 있다

바 닷 가

우리는 뉘든지 바닷가에 서보자
가벼워지는 것은 몸이지마는
마음은 우울하여
침묵이 뭔지를 알게 된다

백사장에 작고도 긴 발자국을 새기며
하늘길을 쫓아가면
몸에 전 도시의 의상을 벗고
우리는 파란새가 되고 만다

사랑한다는 것과 비애라는 것
살아간다는 것과 죽음이라는 것은
뒤에 모두 남기고
우리는 파란새가 되고 만다

몸이 깨끗한 바다는
속된 인간들과의 대화를 꺼리기에
영원히영원히 침묵하고
회색된 마음으로는
바다를 바라볼 면목이 없다

바닷길을 걸으면
모든 정념과 사념과 이야기가 끊기고 만다
바닷길을 걸으면
우린 한 마리의 순수한 바다새가 되고 만다

바다 앞에

1
우리들은 할 말이 없다
하늘같이 파아란 바다 앞에
조그마한 우리 몸이
이제 그 억센 설렘과 기세 앞에
진실을 토해야 하리라

2
우리들의 큰 꿈이
바다 앞에 서면
작은 한 알의 모래알에 그치겠지만
그 꿈을 향한
피어오르는 아지랑이
하늘을 솟구치는 노고지리
바다는
수억의 모래알을 쓸어주고
위로해 주고
품어준다

3
바다는 언제 잠자고

언제 포효하는가
밀물과 썰물의 선율은
아름다움인가 슬픔인가

그것은 모두
바다의 작은 몸짓에 불과하거니
4계절 쉼 없이 변하는 우리가
이제 바다 앞에 서면
참회의 시를 한 줄에 줄여야 하리라

바   다 5

내가 찾는 항구는 어디 있을까
만나면 얼굴 붉히며
쏟아지는 햇살
수줍게 감싸안던
항구

내가 올 적마다
고개 숙이고
깊은 시골 간이역처럼
순간만 머무르고 가는 나에게
하얀 가슴
포근히 싸안아주는 풀잎 항구

해안선 멀리 어딘가에
머쓱해서 떠나
크고 작은 낯선 항구들을 지나며
나의 종달이 같은 예쁜 항구는
꿈속에서나 만나질 것인가

가슴으로 연민을 불러오면
파도가 아무리 거칠게 솟구치고
뱃길이 암초로 수풀 이루어도

내가 가는 곳마다에
작고 예쁜 항구는 늘 내 곁에
수줍게 와 있다

바닷가 3

슬픈 사랑을 한 줄 써넣고
또다시 슬퍼져서 돌아서면
갈매기가 와서 알은 체한다

깊은 고독을 백사장에 묻고
머리 들어 바다를 응시하면
분홍빛 노을이 밀물같이 밀려온다

모든 허울과 탈을 벗고
알몸으로 바다를 사모하면
옹근 바다는 나를 하나같이 품어준다

해 녀 2

바다가 꽃을 피워올린다
꽃이 바다를 수놓는다

새벽 바다에는 꽃이 대화를 한다
꽃이 새벽 바다를 누에처럼 먹는다

밤바다에는 불꽃을 켜고 있다
불꽃은 기도처럼 먼 바다까지 전염시킨다

해 녀 3

빨간 기폭 같은 꿈이
바다 위에 낙엽마냥 널리면
바다 밑 흐르던 온갖 미물들의 감동이
바닷물을 혼들고 있다

빨간 기폭 같은 꿈은
바다 위에 등대처럼 일어서 있어
어부는 수천리 떠나가도
그 나부끼는 꿈의 아름다움을 숨쉰다

밤바다 위에서는 꿈이
인광 같은 불찌로 퍼져서
밀물에 실려오고
썰물에 엎혀서 가고…

아, 그 언제부터인지, 바다와 빨간
기폭 같은 꿈이
영원을 약속하고
서로 포옹한 때부터
웅근 바다는 쉼 모르고 설레이고
빨간 기폭 같은 꿈은 바다를 떠나서는
깨어지고 말 것처럼 바다와 밀착해 있었다

바 다 6

바다는 말을 잊은 지 오래다
말이 홍수처럼 번져가는 시대

바다는 말을 않기로 했다
말이 아픔을 피워올리는 시대

바다가 육지로 되지 않는 까닭은

바다가 육지로 되지 않는 까닭은
쉽게 사랑하고
쉽게 이별하고
그리움을 망각해 가고 있는
무리들이 늘고 있기 때문이다

바다가 육지로 되지 않는 이유는
섬마을 아이가
크레용으로 매일매일 그려가는
빨간 일력이
유난히 아름답기 때문이다

바다가 육지로 되지 않는 까닭은
매일 꽃을 보고도 얼굴 붉힐 줄 모르고
새벽의 맑은 공기를 활보하며
목마름이란 단어를 점점 잊어가기 때문이다

바다가 육지로 되지 않는 것은
그리움이 그리움으로 피게 하고
아름다움이 아름다움으로 되게 하고
아픔이 아픔으로 되게 하고
기다림이 기다림으로 되게 하고 싶기 때문이다

밤의 정거장

밤의 정거장
긴 헤드라이트빛이 너울거리고 간 자리에
또 한 줄기 빛이 마라손을 논다
그래서 점차 빨랫줄처럼 잦아지는 동작

봄에 선 자세대로
대낮도 보지 못한 채
단풍은 발끝에 날려버리고
긴 헤드라이트빛이 인젠 하늘 공중에
탐조등 같은 선을 그으며 지나가고 만다

정거장엔
행인도 없는 나 혼자뿐
신은 해어져 갈기갈기 입 벌리고
나는 움직이지도 못한 채
가로수로 변했다

정거장은 텅텅 비다
잡초가 우쑥우쑥 돋아나기 시작한 마당에
가로수 한 대만 있을 뿐이다
긴 헤드라이트는 지친 빛을 지닌 채
여전히 이 길을 너울대며 지나간다

겨울 바다

겨울 바다의 가슴을 누가 보았다고 하는가
피어나는 향기처럼
하얀 살갗을
무명치마 속에 수줍게 잠재우고
빛날 것같이 다가오는 여인이여

나의 손이 치마고름을 풀고
바다의 풍만하고 맑진 속살 만져지지
않는 까닭은
해가 수평선을 넘어갈 순간까지를
지켜줄 줄을 모르는 성급함 때문이리

겨울 바다에는
햇살이 보석처럼 박혀 있다
겨울의 차거움을 밀고
언제든지 봄을 감지하는 가슴에
구슬이 잡히고 있다

겨울 바다는 언제나 말이 없다
그리고 열려져 있다
한 평도 안 되는 마음밭에
진달래를 넘치게 가꾸는 가슴에

그리움을 햇살에 섞어 뿌린다
꽃피는 가슴마다에 보석으로 박히는
겨울의 햇살이여

자 화 상

수정의 거울 앞에 서서
내 마음을 바라볼 수가 없었던 것이에요
수술대 위에 누워서
하느님의 호출이든가
아니면 따뜻한 어머님의 부름을 기다리고 있습니다

내가 왜 이 지경에 이르기까지
거울만 바라보고 살았을까요
변성기를 넘길 때부터
잃었다고 진단내렸습니다

목청도 잃고
주소도 잃고
사랑도 잃고
공기도 마음도 잃었다고 합니다

거울 앞에 오래오래 서서
나는 그만에
자신을 허물어뜨렸던 것입니다

시 골

문득 도시에서 꾸는 꿈이 싫어져서 시골로 내려간다.
옥새풀이 서글서글하고
다람쥐가 재롱부리고
금쟁반 같은 누런 둥근 달이 휘영청 밝은 시골로 내려간다.
청신한 공기가 아침을 나선 나의 가슴속에 스며들어온다.
폐부 속에, 위 속에, 심장 속에 젖어 있던 때문은 디젤유 냄새를 밀어내며 순수히 자연대로의 맑은 공기가 그 자리에 자리튼다.
막혔던 가슴이, 침침했던 가슴이, 절망으로 찼던 가슴이 끝끝내 열리고 마는 시골,
시골의 울림은 색깔이 없는 소리다.
풀벌레가 쉼 없이 울고 이따금씩 바람소리만이 조용히 스쳐 지나는 호젓한 시골이다.
위장되고, 분식되고, 꾸며진 바람이 성글거리는 시가지와는 다른, 고음 메가폰이 하루 종일 뭣인가 두서 없이 쟁쟁거리는 도시와는 다른, 고즈넉한 시골이다.
풋강냉이 익어가는 가을날의 시골이다.
지폐가 하루에도 천 사람, 만 사람의 손때를 묻혀가고 줄집 사이 담벽이 키돋움하는 도시와는 다른,
한 덩어리로 화해 버리는 시골이다.
이 시골에서 나는 푸른 꿈을 새록새록 키워보련다.

이 시골에서 나의 마음을 윤택나게 닦아보련다.

그러나 나흘째 날에는 떠나버리고 만 시골이다.

나의 폐부는 순수한 것만을 받아들일 수가 없었고, 디젤
유 냄새라도 이따금씩 호흡해야 할 것이고

나의 영혼은 혼잡한 소음이 좀 있어야 꼼지락거릴 것이고

나의 호주머니에는 지폐가 들어앉아야 시물거릴 테니까.

나는 행장을 짊어지고 홀연히 시골을 떠나버리고 만다…

도시로 올라온 나흘째 날에는 또 시골로 내려갈 생각이
파랗게 돋아난다.

울고 싶을 때

울고 싶을 때
너는 저만치 서라

낙엽과 만나
쓸쓸해졌을 때
달랠 이가 필요없다

태양의 강렬한 빛깔을
홀로 접어두었다가

내 영혼이 다시 소생하는 날
그런 따뜻한 날에
나는 그 빛을 하나도 입지 않고
나 같이
낙엽을 만난 사람에게
보내 주리라

날아가버린 새

어린 시절
나는 흰 백짓장에다가
숱한 새들을 그려넣었다

가슴에 흰 점이 박힌 비둘기며
'ㅅ'자 그으며 지나는 기러기 행렬이며
가도 못 본 바다 위 잿빛 갈매기며

뜨락에 뛰어드는 참새도 그려넣었고
들판에서 지저귀는 종다리도 그려넣었고
다음은 무슨 새인지
형체조차 불명한 새도 그려넣었다
크레용으로 색을 올린 새들은
참말로 하늘 위에 파닥이는 새 못지 않을 만큼이나 곱고
아름다웁다

오늘 문득
어린 시절 새로 꽉 찼던
필기장을 펼쳐 보니
빈 백짓장만 공허하다
새들은 한 점 없이
모두 날아가버린 대로

평　화

유치원 아이들이 뒷강변에서 모래성을 쌓을 때
나는 먼발치에 서서
평화의 신록을 본다

열돠 살 아이들이
푸른 창공에 연을 띄울 때
나는 두 손을 가슴에 합장하고
평화가 새겨진 하늘을 축복한다

삼동의 날
안데르센의 「성냥 파는 여자아이」를
또랑또랑 낭독하는
아이들의 글 냄새에서
반딧불마냥 반짝반짝 빛나는
작은 평화를 읽는다

봄밤 아이들의 손에 끌려서
보뚝 밑에서 「개굴개굴 개구리…」
목청껏 노래를 합창할 때
나는 윤기나는 파아란 평화를 만진다

어머님
—가을 들녘에 서서

가을은 또 찾아오고
낙엽은 나부끼고
풍차처럼 에누리없는 계절 앞에 서면
어머님
무지개같이 그렇게 어머님은 오고 있어요

가을은 햇빛으로 반짝반짝 물들어
아름다운 여인의 숨소리만큼이나 크고 고운
낙엽들이 흘린 소롯길을 걸으면
어머님은 아예 나와 나란히 거니시네요

내가 걷는 콘크리트 유보도길이
지금 쓸쓸하고 적막하지 않은 것은
시골을 걸으시는 어머님의 울퉁불퉁한 가을길이
다행히도 이 길 위에 이어져 있는 탓이요
썰렁한 가을을 만나 내 심령이 흩어지지 않는 까닭은
어머님의 향기가 머무르는 까닭입니다
어머님은 맑은 창공이고
정갈한 샘물이고
어여쁘신 꽃

마당 앞 넓은 뜰에 꽃향기 피워
평화를 만들고

비가 오던 내 마음도
어머님의 하늘 아래 서면
대뜸 무지개가 일어서구요
어머님을 영원히 또 전부를 공부해 보아도
그것은 오직 깨끗하고 깨끗함뿐입니다

나이트클럽의 광무 속에 묻히다가도
무엇이 가슴에 걸린 듯
마음이 안온치를 아니한 것은
어머님의 맘이 보여지기 때문입니다
한생을 소박하라시던 어머님

어머님의 길은
동구 앞에서 솔개골마루까지 몇 킬로미터뿐
봄, 여름, 가으내

찬바람 감기는 겨울
그 길을 오가며 수천수만번
그리고 어머님은 자신이 걸은 길 위에

나의 무궁하고 끝없는 길을 틔워주셨습니다

이제 세월은 자정 넘어
곧게 가른 어머님의 가리마 변함없건마는
어머님의 부드럽고 따뜻하던 양지받이
가슴과 손은 무수한 혈흔으로 얼룩지고
아, 어머님은 무척이도 연로하시고
나는 끝날같이 무성해만 갔습니다

이 가을 들녘에 서면
저기 단풍이 타는 석양 속에
어머님의 대견한 미소가 어려 있습니다
나한테 너무나도 가까이
어머님이 계시지요

나의 앨범

어쩌면 나의 하늘이
그렇듯 고스란히 담겨 있을까
노란 앨범 하나에
전부의 내가 빼곡이 들어 있을까

닫아버리면
숱한 나의 하늘과 무심한 내가
찧고 부딪고 흘겨보면서
술래잡기하는 나의 앨범

세월이 흐를수록
보풀이 일고 노랗게만 익어가고
그 속의 고요는 아주 색이 바랬는데도
나는 왜 앨범 속에 자꾸만 뛰어드나

앨범 속에 끼이지 못하고
제멋을 아는 저 허술한 잡초나 보잘 것 없는 참새가
훨씬 더 부러워
나는 애써 앨범 밖에로
뛰어나와서
홀로 걸어다니자고 생각하는데…

앨범 속에 점점
나락같이 깊숙이
끼이는 나
너무나도 순수히 뛰어드는 우리 가족

세상 읽기

시골은 반딧불과 반딧불이 서로 밝혀
외롭지 않고

거치른 지붕 위에 내려도
달빛은 차거움을 모른다

비어 있는 뜰에는 매일같이 햇빛이
내려서 노닐고

걸인 같은 초가 앞에는 비둘기가
사모곡을 연주한다

시골은 골골마다의 작은 풀잎 하나도
또렷한 이름을 지니고 있고
사시절 사립문가에 편지 한 통 없어도
푸른 주문이 매일 익어가고 있다

시골은 립스틱이 빨간 아가씨의 꽃가게
아니고서도
무수한 꽃들이 열을 지어
햇빛과 입맞춤을 하고 있다

우리가 시골서 꽃 하나 감히 밟지 말아야 함은
꽃과 꽃이 마음을 부딪치며
매일매일 사람의 귀에 들리지 않는 아름다운
노래를 연주해 나가기 때문이다
노래는 날마다 어둔 새벽 깨우는 때문이다

여자의 봄

하얀 치마저고리 여인이
매일 밤 처마 밑에 나서서
승려같이 고독하게
기러기같이 초조하게
봄이 오실 정확한 시간을 기다리고 있었다

마지막 여객 열차의 웅글은 기적소리
두근두근 뛰고 있는
그 가슴속에
날마다 어김없이 울렸지만
봄은 실어오지 못했다

풀벌레의 울음소리 마음에 천둥으로 울리고
어느 날 비가 몹시도 내려져서
그녀는 몸을 움씰 전율했다
봄이 오셨다든가
아니면
어느 가까운 곳에 있을 것만 같았다

호수가 비었던 마음
가벼운 바람이 스쳐 지난 후로
그녀의 새하얀 가슴에는 금이 실렸다

얼마 후 차거운 달빛이 쏟아지는 처마 밑에는
봄이 밀려오는 소리까지 울리고
그녀는 그 소리가
난생 들어도 못 본 예배당의 찬송가처럼 신비로왔다

다음은
심률이 너무 높이 뛰어서
꽁꽁 닫은 가슴의
치마고름을 살며시 풀어보았다

그 순간 그녀는
기절할 것만 같았다
봄 물결이 뱀마냥
가슴속에 사태쳐 흘러들었다

얼마 후
어느 달이 밝은 밤
빨간 치마를 바꿔 입은 그녀가
유행가 흐르는 유보도를 걷고 있었다
봄은 그녀의 온몸에서 아름다운 리듬으로 연주되고 있었
다

바람에 길을 물어…

가자
흔들리며 가자
바람에 길을 물어

바다에서 오열하며 시작된 우리기에
작은 꿈들을 조각으로 모아놓고는
다시 바다로 가는 삶인 것을

가자, 흔들리며 가자
농부의 가락같이 타령을 하며

눈물을 흘리며
사랑을 연습하는 동안에도
우리 인생은 자진하고 마느니

가자
흔들리며 가자
자연같이 노을빛 아름답게

새들이 석양빛에 날갯죽지 가두는
섭리 속에
우리는 있다
바람에 길을 묻자

새의 꿈을 살자

파닥거리는 새의 날개짓이
아직은 거칠더라도
우리는 꿈에 살자

둥지 속에 빨간 몸짓이
퍽 초라해 보이더라도
우리는 꿈에 살자

자유로운 하늘에 비상할 줄 알고
넓은 바다를 즐길 줄 알고
맑은 공기를 언제든지 찾아가
심호흡을 토할 줄 아는 새이기에

등분되고 제몫의 하늘만을
바라볼 수 있는 우리는 외로움이다
새들은 그런 외로움보다
창공을 더 많이 날으고
더 많은 그림자를 남기지 못하는
슬픔이 있나니

아직은 여리더라도
왜소한 작은 몸집이라도

새의 꿈을 살자
어느 하루 알지 못하는 땅에
아무도 모르게 노을을 덮고 사라질지라도
나는, 새의 꿈을 살자

새의 찬미

새들이 아직
사랑을 알지 못할 때
우리는 열심히 만들었다
사랑의 귀틀집
풀잎에 꽃잎에 맺히는 이슬같이
밤에 자지러지게 피는 네온등같이

숱한 새들이 나무숲에 숨어
인간들이 옮기는 사랑의 언어를 부지런히 쪼아먹고
우리가 나누는 사랑의 사연을
신나게 연습했다

우리가 흘린 사랑을 받아
새들도 지저귀며 사랑을 옮기다가
여름날 숲속을 정원을 온통 채우고 있는 것은
사랑의 이야기 바다

숲이 들썩할 지경으로
새들이 사랑을 교미할 때
우리의 언어는 무색해지고
무더운 여름의 질곡을 피해서
서로의 갈 길을 재촉하는
우리는 새보다 못난 자가 되고 말았다

여름의 명상

사무실에 앉으면
네모난 창문가에는 언제나
풍경이 펼쳐진다
흰구름은 평화의 봄을 불러오고
때론 빗살이 미친 노파의 눈물처럼 차다
그래서 나의 창문가에
내내 지지 않고 밝음을 키워주는 것은
싱싱한 녹음의 정감과 영원히 아름다운 아가씨들과
눈부시게 빛나오는 그녀들의
치맛자락이다

버스 정류소의 소란스런 '아리아'는
현대의 재즈 음악으로 창가에 흐르고
오늘날 꽃은 파리하고
모험 정신이 모자라고 너무 안온하다는
슬픈 느낌이 들 뿐이다
단지 햇빛만이
모든 떠나버린 역사와 우리의 현재를
창문가에 줄줄이 세워놓고 있다

동해바다

대한민국 강원도 속초에 가면
유난히 크고 밝은 아침 해가 떠오르는 동해가 있고
비취색 바다는 깨끗하다 못해
바다 속에 있는 광어, 고래치, 문어…가
손에 잡힐 듯 보이고

조선민주주의인민공화국
함경북도 나진시 웅상군 앞바다에 가면
유난히 크고 밝은 아침 해가 뜨는 동해가 있고
비취색 바다는 하늘보다 맑고 청청해
수십길 바다도 거울같이 들여다보이는데
지난해 속초 앞바다에 있던
광어, 고래치, 문어…가 이곳에 와서 즐기면서
하나의 바다
하나의 식솔
하나의 보금자리라고들 한다

―조선 나진에서

봄의 이야기

가을과는 사이 먼 봄의 이야깁니다
나 꽃 한 송이 보았습니다
화원도 아닌 황혼녘의 어느 들길에서 만났습니다

검실검실 독을 쓰는 땅 위의 퍽도 초라한 모습이었습니다
진달래만큼이나 장미만큼이나 함박꽃만큼이나
관이 높지 못해서 요란스럽지 아니한 꽃

하지만 찬히 들여다보면 윤동주 시인의 「십자가」만큼이
나 현란하고 피가 나부끼는 진한 붉음이
안으로 안으로만 익어가고 있음을 느낄 수가 있습니다

살짝 건드려 보면 뜻밖에도 수수한 꽃인데 어디에
그런 진동이 있을까 싶게 그 가슴에 감동이 폭발하듯
재워져 있습니다
그리고 그 꽃은 날마다 잿빛 비둘기도 서너 마리 불러서
은밀히 평화를 만들었습니다

나는 그 꽃을 손 안에 잡고서 "영아" 하고 불렀더니
그 꽃도 "아빠" 하고 화답을 합니다

다음 그 꽃은 강아지이기나 한 것처럼 나를 졸졸

따라다녔습니다
……
……
그해 봄
나는 시골의 어느 골짜기에서
꽃과 비둘기와 그리고 사랑을
낳았습니다

작은 시 한수로 사랑한다는 것은
슬픈 일이다

사랑 연습

사랑을 하기 먼저
새벽마다
철둑 밑
키큰 나무들 사이에 끼여 사는
어린 꽃 하나를
착실히 가꾸어가는 연습을 하자

사랑한다고 말하기 전에
자기가 아는
모든 꽃들의 이름을 불러보고
평화로 맥맥히 이어지던
소꿉친구들의 별명도 하나하나
기억해 올리는 연습을 하자

사랑을 하기 먼저
비둘기도 서너 통 갖춰놓고
자연처럼
비둘기가 날아와
어깨에 내리게 하는
마음밭을 만드는 연습을하자

그리고 또한

전날 밤 술취한 장소에서의
실언을 잊어버리듯
잊고서는 대견해하듯이
조금씩 좀씩
잊어버리는 연습을 하자

작은 시 한수로 사랑한다는 것은…

작은 시 한수로
사랑한다는 것은
슬픈 일이다

갈라놓고 보면 의미가 없는
조각난 단어들의 모음집
호수같이 깊은 사랑을 담을 수 있으랴

슬픈 일에는
시가
있어야 한다

작은 언어의 빛깔들은
한결같이
슬픈 어둠의 의상을 벗겨주는
밝은 촛불이 된다

초라한 시 한수로
사랑한다는 것은
우스꽝스러운 일이다

변보러 다니는

아이들의 파지 위에
되는 대로 새겨진 시인만큼
사랑받는 자에게는 작은 사연이다

나는 시를 버려야 할까
시라는 불행을 뿌리쳐야 할까
내일을 향한 꿈을 잊어야 할까

아무리 진리만큼 다가온 시이지만
내일 우리의 신상을 닦아줄 시이지만
오늘 나는 시를 버려야 할까…

작은 시 한수로
사랑한다는 것은
나 홀로의 아름다운 짓이다

먼 곳에서

이제 나 조금만 거리를 두고
그대를 바라볼 수 있으면 족하다
우수에 잠긴 눈으로
때론 빛나게 타오르는 눈으로

어느 이름 모를 언덕에
엉겅퀴삼검불이 우거진 속에 장미로 피어
피처럼 붉게 피어
나는 오솔길에 주춤하고 굶주린 토끼처럼
바라볼 수만 있으면

나를 향하여, 푸른 하늘을 향하여, 그리고
가을을 먹어 청신한 들을 향하여
담담하게 미소하는 너를 지켜볼 수만 있다면

쓸쓸한 부둣가에서 석양빛과 함께
나란히 수평선을 넘어가는 그대를
가슴에 품은 말을 더러 남기고 부둣가에 홀로
선 기약 없는 시간일지라도

이제 나 조금씩 여유 있게
그대를 지켜줄 수만 있으면 족하겠다

우수에 잠긴 마음으로
때론 행복에 겨운 마음으로

그리고 당신의 수직으로 넘어오는 눈빛에서
여린 그 마음을 읽으면 족하겠다
전선에 부딪쳐서 순간 몹시 전율한 것처럼
그처럼 그 마음이 나에게 전달되면 족하겠다
한순간 찌잉 하니 저려났다가 이 몸이 재가 되어 무너질
지라도
우리는 좀씩 먼 곳에서…

나의 계절
— 사랑하는 님에게

논두렁에 빌기꽃 피는 5월과
녹음이 풍겨오는 6월이
이제 나의 신변을 떠나버리고 있지 않습니까

겨우내 우울하던 마음이 싱싱한 오뉴월을 찾아서
마음밭에 빨간 초롱불 켜고
한들한들 아기처럼 춤추던 일이
사라지지 않습니다

두 눈을 마주하면 온통 붉어지는 5월이고
마음이 우울하면 바람이 부는 5월이고

옥아, 훈아, 불러보면 꽃이 피는 6월이고
저녁이면 고픈 풍경이 서는 6월이고

석양이 넘실거리는 강둑에 서서
바람과 새와 구름과 동무하고
어둠이 몰려오면 창문을 열고
스치는 별을 품어보던 고운 계절…

하지만

나의 삶이고 보람이었던 오뉴월이
내 맘 같지를 않게
나를 떠나버리려 합니다
그리고 잊어버린 듯합니다

오늘도 해종일 밖에 나서서
그리웁던 계절을 기다립니다
손을 내밀면 그대로 잡힐 듯

눈에 보여지는 오뉴월입니다

마 음

내 마음의 밭에
꽃씨 한 알 심어놓고
또 어느 날 따스한 입김 불어줘

꽃이 피던 날
향기가 온통 울부짖고
잎사귀에 초록을 짙게 물들이고
하늘하늘 춤을 표현하다가
가을이 노크하는 소리에
바람같이 사라지는
마음
마음

편   지 1

당신은 받으셨지요
우편으로 보낸 나의 봄을

아지랑이는 차곡차곡 개어넣고
햇빛은 깊숙이 가둬넣었습니다

봄날 우리 둘이 꿈을 모으던
강변의 땅을 그대로 수용했어요

당신이 신성한 아침에 날렸던
비둘기도 함께 보내 드립니다
당신은 겨울의 한끝에서
지금 봄을 잊고 있을 테지요

혹여 보내 주신 봄을 반기었다면
강변 물 오른 땅에다가
꽃씨 한 알 심어주세요

허　공

내 그리움을 너에게 쏘아줄게

그 푸른 허공에다가
한 줄 부끄러운 사연을 쓰고
손으로 입을 막아버리면
지나가던 새가
그것을 집어

그대 계시는
문지방에
아무 몰래 놓으리라

우리들이 함께

우리들이 함께
잔디를 밟으면
수정 같은 이슬들이 눈물 흘린다

우리들이 함께
아지랑이를 밟으면
여린 목숨은 허공에서 너울너울 부대낀다

우리들이 함께
슬픈 마음 지으면
가슴에서는 차겁게 우수가 흐른다

우리들이 함께
위안의 말을 하면
잔디같이 아지랑이같이 마음같이
더욱더 가슴이 얇아진다

편 지 2

오늘
내가 키우던 새가
문득 죽어버렸습니다

이른 아침
깨어보니
새장 속에 작은 몸을 옹송그리고
잠자는 듯 고요히
너무나도 비참한 모습이었습니다

당신이 나를 떠나버린 겨울날
고독한 나그네는
사랑을 잃고
새 한 마리를 사다가 사랑을 대신했습니다

햇빛이 잘 드는 처마 밑에
황송스레 앉아 새는
새무리들이 지나가도 울고
계절이 와도 울고
별들이 깨어나도 울기만 했습니다

그러던 오늘

내가 키우던 새는
내가 잃은 것처럼 사랑을 잃고
봄이지만 또
봄을 잃었습니다

기 도

별을 노래하는 마음으로
모든 죽어가는 것을 사랑해야지
　　　　　—윤동주「서시」에서

슬픈 어둠은 조용히 가셔요
해를 가리우는 험상궂은 구름도
저만치 물러서 주세요

나
그늘을 싫어하는 꽃밭이에요

나는 이제 봄을 몰고
햇빛의 가장자리에 머무를 거예요

눈도 없이 그렇게 마른 바람은
나를 에돌아가 주세요

녹녹한 초록의 빗줄기 물고
훈향 따스한 대지 위에 가슴 대이고

다음 잔디들과
함께
사랑을 합창할 거예요

커 피 점

조용히
더욱 조용히
우린 말로가 아니라
눈으로 이야기하자

여름 밤의 깨끗한 별을
여기에다 옮겨놓고
향기로운 장미꽃은
마음에다 심고

정답게
더욱 정답게
우린 몸으로가 아니라
숨결로써 사랑하자

하많은 노래 중에서
똑같은 한수의 노래를 취하고
너는 맘속으로, 나는 콧소리로

빛나게
더욱 빛나게
우린 사상으로가 아니라

정만으로 통하자

사념이라는 것은 문밖에 남겨두고
커피잔에는
따가운 인정만 있게
그리고 서로가 사랑하는
별빛같이 타는 눈길만 남아 있게!

갈 매 기

우리 마음
술래잡이 재미나는 시골
오고 싶어도 오지 못하는
바다 갈매기

수평선 머얼리
파도도 쫓지 못하는 바위틈에 집을 짓고
흰돛 위에 백사장에
깃을 내린다는 갈매기

5월이 오면
종달새랑 뻐꾹새랑 재미있게 노니는
울밖 나무숲에서 갈매기가 보고 싶어
참말 보고 싶어 서 있는 산골 아이

선생님도, 아버지도 먼 곳의 삼촌도
말씀하시던 갈매기
바다가 너무 멀고 멀어서
울 마을 오고 싶어도 못 오는 갈매기

기러기 줄을 짓는 가을이 오면
산골 아이 눈 속에만

그려져 있는
잿빛 갈매기

새벽을 위하여

나는 너를 맞이하기 위해
저승에서 돌아온다
우리가 만나야 할 정확한 장소에는
아직 꽃이 피어 있지 않다

내버려진 채로 구겨진 들판과
밤의 어두운 흔적들
이제라도 돌아서라고 손짓하는 산의 몸짓이
가슴에 그림자로 못박히지만

걸어나가야 한다
사랑이라는 십자가를 달게 짊어진 이상
언젠가는 만나야 할 이날을 위해
나는 옹근 인생을 불태워 왔다

꽃은 다시 파종해야 하고
아직 깨어 있지 않는 천정에
이 가슴속 피를 뿌려
아침을 밝혀주어야 하리라

흰 구름

보슬비가 말도 없이 내리는 날
나의 하얀 손수건 잃어버렸네

여린 사랑 하나와
이슬같이 내려지는 꿈과
순후하신 어머님
그리고 별을 사랑한 윤동주님의 시심을
고이고이 간직하고 있었는데

하얀 수건이
퇴색할까봐
감히 내보이지도 못하고
있었는데

잃어버리다니
나의 호수는
바람같이 몹시
설레기만 했었네

어디로 갔을까
어디로 갔을까

내 마음은 쫓고 있는데
가장 아름다운 낙조가 지나고
가장 캄캄했던 자정이 흘러버리고
새벽 종소리 울린 날
나의 흰 손수건은
푸른 하늘
햇빛 속에 깃발처럼 걸려 있었네
구름 따라 멀리멀리 가고 있었네

사랑을 찾습니다

사랑을 찾습니다

어느 날
나도 몰래
내 가슴속을 떠나버렸습니다
홀가분히 가벼워진 가슴에는
지폐와 광란하는 디스코가
춤추고 있었습니다

나의 사랑은
지금쯤
어느 이름 모를 청사 밑에 밀리어서
고독을 맛보고 있을 수도
혹은 이 도시를 영원히 이별하고
공기가 맑은 교외의 잔디밭이든지
아주 심산 속에 들어가 스님이 됐을지도,
아니면
어느 고마운 주인댁에 엎혀서
양자로 눈치밥을 먹고 있을지도 모릅니다

말도 없이
가슴을 비우고

떠나버린 사랑
황홀하게 아름답지 못해도
민들레모양 대단히 소박했습니다
우리의 어린아이들이
서로가 포옹하고 뜀질하던
햇빛같이 순후한 사랑이었습니다
어머님이 물려주신
대바르고 굳세고 정직한 사랑이었습니다

이런 사랑이었는데
내 가슴을 떠나버리다니…

지금쯤 얼굴에 흙빛이 어려도 반기겠습니다
종지만큼이라도,
풀잎이 스며오는 이슬처럼
잠깐 왔다가 가더라도
아니면 운명 직전의 순간적 사랑일지라도
이런 사랑
보셨거나 풍편에 들으셨거나
또는 차용하고 계신 분은
속히 나의 주소로 연락 주십시오

사랑 결핍증 환자인
나의 주소는
광명거리 가장 번화한 현대식 아파트
새로 생긴 15번지입니다

지금 사랑을 애타게 찾고 있습니다

진

―진
숨막히게 그리워
가슴을 펼치면
사랑과 슬픔이 파도쳐 오다가
놀란 사슴같이 멈추고

―진
수억번 그리다가
나의 꽃은 이제 무너지려는데

―진
하고
산이 대답을 한다
―그대 가슴에 잠잔다
강물이 대답해 주고

―꽃피는 윤4월부터 그 가슴에 잠잤다
수림이 대답해 주고
하늘이 대답해 주고

명 상

저렇게 하늘은 푸르고 고요한데
내 마음 닿을 곳은 어딘가 어디인가
새들도 그림자를 남기는
이른 봄의 창공에
내 마음은 수줍어서
가주지를 않는다

남쪽 창을 열고
싱그러운 봄의 기운을 마셔버리고는
그리움의 애수에 젖는다
어디엔가 줄 수 없는 사랑을
올봄에도 파종하지 못한 채
이 좋은 한해 계절을
그냥 지나버려야 하는 건가

무지개를 사랑한 시심으로

쫓기듯 다가온 한 여울 마음
저 하늘의 무지개를 사랑한 시심으로
오직 그대를 사랑하고 싶다

유성처럼 낙하하는 슬픔 속을
외로운 나그네길인양
정처없이 가야만 하는 나의 외길 사랑

가다가 가다가 그렇게 가다가
어느 바위짬의 작은 옹달샘을 만나
내 사랑이 닿지 못한 사연을
여쭈고
샘보다 깊고 정갈한 내 사랑을
거울에 비쳐 보이고 싶다

이제 석양을 넘는
마지막 햇빛을 잡고
내 외딴 사랑은 자진하고 말려는가

무지개를 사랑한 시심으로
오로지
그대만을 사랑하고 싶다

동   행

찬바람 불어오는 외로운 가을밤
어둠 속 가로등으로 서서
어디일까, 그대
잊혀져 가고 있는 이름을
찾고 있다
이 밤은 지금 나에게 속하지 않는
슬프고 쓸쓸한 시간이 될 것인가
그대는 초록빛 사랑의 연가
황홀한 상공에
무지개보다 예쁜 꿈을 키우고 있지만
나는 타는 눈빛 하나로도 모자라고
불덩이 같은 가슴으로도 모자라서
잔잔히 누워 있는 풀들을 모두 동원해서
그대만을 사랑한다
우리가 이제는 하나가 될 수 없는
서로의 엇갈린 인연이라도
나의 슬픈 사모는 언제나 그대 곁에서
깊은 밤 가로등처럼 깜빡이고 있다
그대는 잡히지 않는 안개처럼
내 앞을 스쳐 지나지만
나의 슬픈 사모는 언제나
그대 곁에 공기처럼 동행하고 있다

너 에 게

버리기로 했다
나무가 흐르며 강으로 가듯이
내 젊은 청춘의 청순한 여백에
낙엽이 겹으로 쌓이는 지금

진정 버리기로 했다
하늘같이 높고 소중한 날의 뿌리 깊은 나무
서늘한 그늘 아래서
미래를 사모하던 여름날

자박자박 걸으시는
나무들의 발자국 소리
내 생명을 봄에로 이끌어 올리시던
드레박처럼
고운 발자국 소리가
저만치 여인같이 멀어져가는 지금

나는 잊어야 한다
다음, 내 유년의 언덕으로 가야 한다
어머님 꽃밭, 그 언덕은 이미 없지만
내 사랑을 맘껏 길어 올리시던
너의 언덕만은 아직도 저기 보이고 있다

나는 잊혀지지 않는 것들을
밤을 불러오듯 또 버려야 한다

홀로 사랑

홀로
부끄러워하면서
그리워하는 것은 아름다운 사연이다

가을 햇빛이 눈부신 날
낙엽을 구둣발로 살랑살랑 건드리면서

홀로이니깐
지금
더욱 사랑하고 싶다

코스모스꽃살에
그 이름 새겨놓고
그 얼굴 들여다보고
잔칫날 행사도 한다

홀로이니깐
꿈속같이 사랑을 다해 보고
홀로이니깐
그리움이 더욱더 무성해만 간다

그 리 움

어쩌면 이 아침엔 꼭 올 것만 같아
동터오는 산마루를 어루만져보고
어쩌면 꽃의 계절에는 기어이 올 것 같아
소나기 속을 멍청하니 서서 보내고
어쩌면 가을의 빛무리 속에 숨어 있을 것 같아
샛노란 낙엽을 번지기도 하고
어쩌면 눈보라 속 어디쯤 오돌오돌
떨고 있을 것 같아
샅샅이 훑기도 한다
집집의 문패와 골목과 헐렁해진 공원 구석구석을

□ 당선 소감

리임원

내 삶과 사랑의 분신인 시

오늘 시 87수를 가지고 독자들과 만난다.

근 20여년간 시작(詩作)을 사랑해서 시 쓰는 일을 멈추지 않았지만, 지금 다시 간추려 보니 내놓을 만한 수작(秀作)이 보이지 않아 부끄럼만이 한줌 남는다. 그럼에도 당선작 시집으로 추천해 준 것은 그간 꾸준히 시를 써온 데 대한 격려로 받아들이고 싶다.

하지만 나의 이런 부끄러움 중에도 내 마음을 위로해 줄 수 있고 떳떳한 것은 다행히도 여기에 실린 나의 매 시편마다가 진실된 내 삶의 거울이고 자취 그대로라는 점이다.

나는 지금까지 내가 나의 시에 동원한 모든 말의 진실에 대해 의심하지 않는다. 또 내 사랑으로 피워올린 진실한 시적 정신에는 부끄러울 것이 없다.

요즘같이 사랑이 쉽게 이루어지고 쉽게 깨어지고 감성이 가벼운 현실은 심상치가 않다. 여기에는 시가 있을 수 없다. 시가 있어도 그것은 시가 아니라 시의 옷을 챙겨입은 고사목(枯死木)이다.

사랑의 진한 열병 같은 것을 앓고 나서야 비로소 시가 뭔가를 알 것 같다. 그리고 소중함을 느낄 것 같다.

오늘날 시 하나를 고스란히 간직하고 산다는 것은 굉장히 우직하고 바보스런 짓 같아 보이지만, 나는 삭막해지는 인간 사막에 시의 우물을 파며 더 한층 성실하게 사랑할 수 있고 보다 인간다운 인간으로살아갈 수 있기를 염원해 왔다.

여기에 모은 87수의 시는 내가 10여 년 동안 연소시킨 사랑의 분신이고 마음의 빛이다.

오늘날 여러 가지 문화적 환경 차이로 시가 끝없이 다양해지고 발전해 가고 있지만, 어쨌거나 시대적 정신이 떨어지고 현대 사회의 구미에 맞지 않는 시편들이라 하더라도 나의 내면의 진실된 목소리임을 믿기 때문에, 나는 나의 시를 사랑하고 가장 소중한 방편으로 삼고자 한다.

그간 아껴주고 키워주신 선배님들, 부족한 작품을 늘 가까이에서 지켜봐주고 독려해 주신 분들께 고마움을 드리고 싶다.

지용시문학상을 마련해 주신 한국 옥천군과 옥천문화원, 뽑아주신 심사위원님들, 그리고 시집의 간행을 맡아주신 연변인민출판사 최일균 사장님을 비롯한 편집원들의 노고와 정성에 깊은 사의를 드린다.

1997. 9. 14. 연길에서

□ 우리 시의 밝은 가능성

—리임원 시인의 경우

전국권(연변대학 교수)

시란 시인이 자기 마음을 터놓고 독자와 서로 교류, 대화하는 고도로 함축된 언어예술 형식이다. 말하자면 시인은 그 어떤 시대에 사는 개성적인 '나'의 포부, 사상, 감정, 정서, 감각 등을 말(言說)한다. 즉 시인은 자기 마음속에서 스스로 흘러나온 음성, 감정의 자연에 대한 진실한 고백을 통해 독자들의 마음을 움직임으로써 그 감정 세계의 감화, 정화(淨化), 승화의 예술 효과를 이룬다. 그런 예술 효과를 보려면 우선 시인 자신이 노상 사랑과 애무, 동정과 연민, 자비의 눈길로 자연과 생활, 인간, 중생(衆生)들을 바라볼 수 있어야 할 것이다. 즉 사랑이 시인의 영혼, 심장이 되어 그 사랑의 매력으로 독자들을 감동시키고 정복해야 제격이 된다. 시인들이란 바로 그 하나의 진실된 사랑을 위해서 사는 심미인(審美人)의 군체라 할 것이다. 그런 의미에서 시인은 온통 불덩어리로, 시인 군체를 사랑의 군산(群山)이라 불러도 무방하리라.

그러기 때문에 시인(단순히 시를 쓰는 사람과는 다름)이

쓴 시는 '나'의 진정어린 목소리를 통해 만인의 복됨을 위해 영원한 존재 앞에 드리는 마음의 기도, 소원, 갈망, 기대, 이상, 추구, 신념의 고도로 함축된 언어예술적 표현으로 되는 것이다. 그러므로 시는 심지어 고독자의 마음의 보금자리로, 위로자·애무자로도 되는 것이겠다. 시는 고도로 세련된 언어 조직 형식이기 때문에 시인은 모든 사물을 시적 언어(생활어, 사전어를 초월)로 사유, 시적 사유에 기초해 또한 머리속의 시적 사유의 내용들을 능란하게 시적 형식으로 표현할 줄 알아야 한다.

리임원 시인의 시세계를 읽으면서 필자가 강렬하고 선명한 인상을 받은 것은 그 시적 감각이 예리하고 시적 사유가 참신하며 서정이 시종 산간 계곡처럼 맑지게 흐르고 있다는 점이다.

그의 시의 소재와 제재들은 요란한 그 어떤 사회적인 사건에서 취해지기보다 많이는 꽃과 풀, 새, 별, 구름, 바람, 바다, 평화, 사랑, 생태 등에서 취해진 것이다. 시선재 방식이

보다 구체적이고 섬세하며 심히 감각적이다. 그러나 그의 시는 음풍영월(吟風咏月) 따위의 그것과는 다르다. 그의 많은 시들은 비록 자연현상, 사물현상을 노래한 것이지만, 거기서 우리는 시인의 섬세한 감각 배후에서 이 시대에 사는 생명의 의미, 감정, 정서를 읽을 수 있다. 그 이전의 여러 시들과는 다르게 시를 심미역(審美域)으로 알고 시경지를 열어가는 젊은 시인의 시언어 거동이 대견하게 여겨진다.

시인의 시작에서 유난히 돋보이는 것으로 『풀들의 반역』, 『시골』, 『나는 꽃이고 싶다』, 『사랑 연습』, 『꽃씨』, 『바다가 육지로 되지 않는 까닭은』 등 많은 시편들을 들 수 있을 것이다.

'고 조꼬만 씨앗 속에 / 참말로 모든 순수하고 고운 것이 / 숨어 있다고 했지 // 가을 바람에 허망 나뒹구는 것은 / 죽음이 아니라 / 잠깐 괴로움을 참고 있는 것이라 했다 // (중략) 겨울의 매운 숨결 너를 누를 때 / 너는 힘이 약해서가 아니라 / 빨간 꿈을 안으로만 익힘이라 했다 // (중략) 오는 봄에는 /

…너의 환한 웃음이 / 모든 몹쓸 바람과 / 모든 더럽고 침침한 비와 / 모든 차거운 숨결을 / 깡그리 / 쫓아버릴 거다 / 내년 봄에는 / 고 조꼬만 씨앗이 / 고운 옷 입히고 / 활개치며 고운 봄을 걸어갈 거란다' (『꽃씨』)

위에서 보는 바와 같이 시인은 꽃씨에서 순수한 생명의 진실다운 의미를 발견한다. 평범한 꽃씨에서 생명을 감득한다. 그 자그마한 꽃씨 한알한알은 '몹쓸 바람', '더럽고 침침한 비', '차거운 숨결'들을 모두 이겨내고 화창한 새 봄이 오면 '고 조꼬만 씨앗이 / 고운 옷 입히고 / 활개치며 고운 봄을 걸어'가는 것이다. 늘 보는 꽃씨에서 그 어떤 의미를 발굴하고 시적 사유로 언어를 다루어가는 자세, 시형상이 어여쁘다.

『바다가 육지로 되지 않는 까닭은』을 읽어보자.

'바다가 육지로 되지 않는 까닭은 / 쉽게 사랑하고 / 쉽게 이별하고 / 그리움을 망각해 가고 있는 / 무리들이 늘고 있기 때문이다 // 바다가 육지로 되지 않는 이유는 / 섬마을 아이가 / 크레용으로 매일매일 그려가는 / 빨간 일력이 유난히 아름답기 때문이다 // (중략) 바다가 육지로 되지 않는 것은 / 그리움이 그리움으로 피게 하고 / 아름다움이 아름다움으로되게 하고 / 아픔이 아픔으로 남게 하고 / 기다림이 기다림으로 되게 하고 싶기 때문이다.'

시인은 상전벽해지변이라는 옛말을 돌려서 바다가 육지로 되지 않는 '까닭'을 시화하고 있다. 읽으면 오늘의 생활현장감, 세월감이 짙게 풍기는 시작이다. 사랑과 이해가 가문 세월, 억압감, 소외감, 방랑감, 마비감이 도는 요즘 이런 시를 읽을 때면, 우리는 그 어떤 위로감을 느끼기도 할 것이다. 시란 이렇게 읽으면 가슴에 와 닿아지는 그 무엇이 있어야 정상이다. 독자들의 시에 대한 선택성이 강해진 오늘에는 시인의 시의 감화력에 대한 망각과 수의성은 시와 독자들을 격리시키는 주요 원인의 하나로 되고 있다.

리임원 시인의 시세계에는 민족의 태동의 경지에 대한 불같은 소망이 개성적인 담담한 시어의 내물에 실려 잔잔히 흐르고 있다. 시를 감상한다.

…강원도 속초에 가면 / 유난히 크고 밝은 아침 해가 떠오르는 동해가 있고 / (중략) 함경북도 라진시 웅상군 앞바다에 가면 / 유난히 크고 밝은 아침 해가 떠오르는 동해가 있고 / 비취색 바다는 하늘보다 맑고 청청해 / 수십길 바다도 거울같이 들여다보이는데 / 지난해 속초 앞바다에 있던 / 광어, 고래치, 문어…가 이곳에 와서 즐기면서 / 하나의 바다 / 하나의 식솔 / 하나의 보금자리라고들 한다 //

이는 『동해바다』란 시이다. 시인은 이 시에서 한국 속초에 가보면 동해바다와 조선 라진에서 본 동해바다의 자연 대조 속에서 그 어떤 질감적인 동질성을 속속들이 감수하면서 호소가 아닌 호소로 민족의 대동 세계를 부르고 있다. 그것은 '유난히 크고 밝은 아침 해가 떠오르는 동해', '하늘보다 맑고 청청한', '비취색 바다'. '광어', '문어' 등 이미지 창조와 함께 '하나의 바다', '하나의 식솔', '하나의 보금자리' 등 각광을 뿜는, 통일 소원을 시어 밑바탕에 은

근히 깊이 깔아보이는 재치에 의해 우리에게 감지되고 있지 않은가. 필자의 소견에는 민족 통일을 노래한 시 중에서 유난히 돋보이는 시작인 것 같다. 다시 말해서 시인은 통일 주체를 자기의 개성적인 시어 조직으로 표현하고 있는 것이다.

인간애에 대한 주제를 시인은 이렇게 노래한다. 『사랑 연습』을 보기로 하자. 인생에 실험이나 연습이 없듯 엄격히 말해서 사랑에도 연습이 있지 않는 듯싶다. 하지만 시인은 그것과는 좀 달리 이렇게 노래한다.

사랑을 하기 먼저 / 새벽마다 / 철둑 밑 / 키 큰 나무들 사이에 끼여 사는 // 어린 꽃 하나를 / 착실히 가꿔가는 연습을 하자 // 사랑한다고 말하기 전에 / 자기가 아는 / 모든 꽃들의 이름을 불러보고 / 평화로 맥맥히 이어지던 / 소꿉친구들의 별명도 하나하나 / 기억해 올리는 연습을 하자 // 사랑을 하기 먼저 / 비둘기도 서너 통 갖춰놓고 / 자연처럼 / 비둘기가 날아와 / 어깨에 내리게 하는 / 마음밭을 만드는 연습을 하

자 // (하략)

　시인은 사랑을 직설한 것이 아니라 에돌아서 '사랑을 하기 먼저' '키 큰 나무' 사이에 사는 '어린 꽃을' 가꾸는 일을 잘하고 사랑한다고 말로만 하기보다 자기가 아는 '모든 꽃'들의 이름을 '불러보라' 말하며, 어린 시절 친구들의 '별명'을 하나하나 기억해 두라고 부탁한다. 그리고 비둘기가 자유로이 날아와 어깨에 내리게 하는 그런 평화의 '마음밭'을 소망하고 있다. 이처럼 시의 매력이란 언어의 시적인 재조직을 통한 이미지 창조에 있기도 하다.

　우리 시는 모두 노상 중복하는 제재, 주제에 정력을 쓰기보다 시 사유 공간을 넓히고 새로운 이미지와 시어로 그 창작 범위를 훨씬 넓히면서 철학 함량이 높은 시작들을 펴내는 것이 바람직한 일일 것이다.

　앞의 해설에서 느껴오듯이 필자는 리임원 시인의 시세계를 돌아보면서 그 시작들의 의미, 감각, 정서, 이미지, 언어를 통해 우리 시가의 새로운 전망, 가능성을 확인하게 되었다. 하지만 그의 시세계는 완전무결한 것이 아니다. 리임원의 시는 아직도 과도형의 시이기에 형식, 견식, 언어의 수련 등에 모를 박으면서 계속 즐기차게 전진한다면 앞으로 더 밝은 시예술 세계에로 접근해 갈 것이다. 우리 시의 가능성은 거기에 있다.

1997. 9. 16.